KB202026

계추

계 추

초판인쇄 2025년 6월 12일
초판발행 2025년 6월 12일

지은이 우인식
펴낸이 이해경
펴낸곳 (주)문화앤피플뉴스
등록번호 제2024-000036호
주소 서울 중구 충무로2길 16, 4층 403호 (충무로4가, 동영빌딩)
대표전화 02)3295-3335
팩스 02)3295-3336
이메일 cnpnews@naver.com
홈페이지 cnpnews.co.kr

정 가 10,000원
ISBN 979-11-94950-00-4(03810)

순천시 순천문화재단
이 책은 순천시, (재)순천문화재단의 지원을 받아 발간되었습니다.

계
추

우인식

제7시집

그는 떠났고
허전한
보퉁이 하나만
안고 있다

문화앤피플

달무리가 오늘 밤에
더 선연한 모습
정녕 봄이 오려나
꽃바람 날개에 얹혀
책 한 권 올까

2025년 봄초에
우 인 식

목
차

●

제1부 은빛 인어

제2부 계추季秋

제3부 붉디붉은 얼굴

제4부 온유와 그리움

제5부 키가 커진 새벽

제1부
은빛 인어

겨울 동화

숫눈이
깨진 장독 뚜껑을
하얗게 맞춰 주고

곧 잣눈이 샛길들을
덮어 버렸다

아무도 오지 못하고
숫눈과 잣눈만이
남아 있네

빨간 털장갑
파랑 털장갑이
눈사람 얼굴에
숯덩이 눈썹을 붙여주고

이렇게 눈길이 막혔는데
산타할아버지 오실 길을
어떻게 만들지?
아이들 입에서
김이 설설 피어난다

검은 까마귀야

새초롬한 날
공동묘지 위를 나는
검은 까마귀야 어느 혼령의
골수를 쪼아 먹으려,

누구의 혼불 가슴을
쪼아 먹으려 하냐
하지 마라
한 많은 영혼들이라
통탄할 것이다
검은 까마귀야

무중霧中

검푸른 수면만이
교교한 달빛을 안고 있는
삼월 늦은 밤
누굴 태우고
어디로 가는지도
모르는 여객선 불빛만이
꿈을 꾸듯
지나가고 있다

어쩌면 꿈은 내가
꾸고 있는 것 같은,

어두움이 섬뜩하다
지금 산내면 매화는
통통 터지고 있을까
이곳은 땅끝마을
해남의 밤

달마전

얼마 지나지 않아
산그늘이 내려올 듯한
달마전 마루에 앉아

샛노란 은행잎 노을빛
머금고 날아들 잎새를
생각하며

나무아미타불 마음속
외우니 수곽* 물소리도
관세움보살 하는 것 같네

*수곽: 선암사 칠전七殿선원禪院 중 하나 달마전에 있다

화순전남대학교병원

흙으로 형상을 빚어
새 생명을 불어넣듯
꺼져 가는 불씨를 살려
우주에 밝음을 선사하다

아픈 이의 많은 물음에도
온화한 음성으로 희망의
원천을 이루어 내고
진료실 문밖까지 나와
휠체어 앉은
할머니 손을 잡아 주는
고결한 그분
이 시대의 허준 선생님이자 히포크라테스

고열의 고통 속에
거친 호흡을 하는 아기에게
어머니가 약을 먹여주듯
병든 이들 생명 줄을 엮는
오인재 교수님

그분의 연구실은
오늘도 희망의 등불이 꺼지지 않는다

단풍시기를 점 치고

한 점 구름 없는 천공
과히 좋아 강섶에
앉아 첫가을 바람 향을
느껴 본다

간간이 철 지난 매미소리
구슬프다고,

하동포구河東浦口 전어가
팔딱팔딱 수면으로
튀어 오르는 소리
들릴 듯한

아직은 영글지 않아 푸르께한
수줍은 갈대 사이로
앙증스런
노랑나비 친구도 없이
혼자 소풍을 나와 단풍 시기를
점치고 있다

비애

새벽 산책길 노인이
구부정한
모습으로 걷고 있다
조금 답답하지만
뒤따라가고 있다
그래도 급하면
노인 비애悲哀 없도록
살며시 비켜 걷자
세월은 물과 같고
시간은 구름 같으니
노인이 십 년 전만 해도
이러시진 않았을 텐데,

성탄절 엽서

볕살이 곱더니만
급히 사라지고
눈이 보고 싶어
서쪽으로 가는 열차,
히끄무레한 안개 속에서
하얀 눈이 달려온다
차창 밖 상수리나무에
하얀 눈꽃이 피어
동네 어귀에 서 있다
물상들 눈이 쌓여가고
성탄절은 사나흘 뒤,
나는 성탄절 엽서를
미리 받아보고 있다

세며, 세며

빗줄기 세며 세며 가며
내리는 빗줄기 맞으며맞으며 가며

내리는 빗줄기 세며세며 가도
세이지 않는 건 빗줄기

줄기줄기 세며세며 가도
봄 가을 맞는 빗줄기는

정답고 정겨워도,
찾는 이 없고
찾을 곳이 없더라

선암사

가마솥에 밥 짓느라
매워서 눈물 흘리던
앳된
스님은 묘연하고

땅콩 하나 손바닥에
올려놓고 가만히
휘파람 불면

금세
날아와 휘익 물고가던
한마리 새는
어디로 갔을까

성산일출봉에서 내려올 바람

어제 새벽 산책길에
여린 햇살에 수줍게 웃던
분홍빛 매화 속눈썹에
은구슬 달고

통통통 빗줄기는
정원 한 편 연못에
떨어지고
붉은 동백꽃은
나를 놓칠세라 바라보고 있다

곧 일출봉에서
내려올 바람과 손잡고
수선화가 미소 짓고 올 것 같은
이른 아침

아! 학교 가야지

어둑하다
많이 뛰어놀다
왔을까
잠이 깨어 아 지각
할까 봐
가방을 메고 마루를
내려서려는데
가족들이 무슨 우스운 것이라도
본 것처럼 웃음꽃이 피었다

너 오늘 학교 갔다
왔다
기억이 선연한데,

책을 읽다
피곤해서 잠이 들었던 것 같다
어둑한 창을 보며
아 지금이 저녁인가
초등 시절 생각에
머쓱하다

아이와 나

시끌벅적 노랑가오리, 갈치,
공판장 경매가 불이
붙었다
저쪽 모퉁이 아이
울음소리 좀 전 버스를
못 타서 그런가 싶어
황급히 모퉁이 돌아갔더니
엄마가 아이 손을 잡고 있다
어린이집에 가긴 좀
이른 것 같다
왜 울고 있나?
아이 엄마가 "이곳 물고기도
싫고 냄새도 싫다고
막무가내 가자고 하면서 떼를 쓰고 있네요"
이곳에서 일하기엔 너무 젊은 엄마다
아마 경매사 부인인 듯싶고
얼른 지폐 한 장을 아이 손에
쥐어 주었다.
한사코 엄마는 싫다고,
내가 특별한 생각은 없고

내 어릴 적,
집에 있는
아이들 생각에 그런다고,
할아버지가 아이스크림 가게를 모르니
이따 집에 갈 때
엄마한테 사달라고 해
아이는 글썽글썽 흐르는 눈물
손으로 쓱 닦으며
아이스크림 저쪽 가면 있어 엄마,
아이는 금세 소나기 눈물을 그치고
구름 걷히듯 살포시 웃을 듯
아이의 미소에 환해지는 내 가슴
아내는 나를 찾고 있다
잠깐의 한 편 드라마를
말해 주었더니
참! 잘했네요,
칭찬에 오늘따라 항구에
날고 있는 끼룩끼룩 갈매기 울음도
참 예쁘고 곱게 느껴진다

안위安慰

어느 집에 전등을
밝히듯
짙어지는 어둠이
점점 또렷이
불빛들을 밝히고

옆 동네 산기슭에
십자가 불빛이
검푸른 바다에
등대 불빛처럼
마음에 안위를
주고 있다

애처로운 보름달

투명한 듯
불투명한 듯
지구본만 한 달이
덩그러니 걸려 있다

벗님아 이사한
곳이 낯설어
혹여 잠이 오지는 않냐?
나는 저 둥근달을
보고 있다
너 살던 곳이 그리울
때는 저 달을 보거라
그곳에 벗 얼굴이
있으니 슬퍼하지 마라
잠이 안 오는 밤에는
보름달을 가슴에
꼭 안고 자자

분단

산아래 진달래 수줍은데
산등성이 소소리바람
초리를 흔드네
건너편 산등성에는
아직도 충혈된 눈만이
넘나 보고 있네
저 선연한 눈빛이
안개 속으로 사라질
그날은 언제 이런가

인연

이른 아침 햇살 연초록 잎새 위에
사각사각 부서지고,
오래전 묻어 두었던 눈빛 떠오른다

"이제 그만 만나자고"

겨우 두어 번 봤을 뿐인데

그가 가까이하는 이들에게
"그만, 그만했다고" 무심결에
말하던데

그때가 딱 그 심정이었을까
아니면 심리가 일반 정서는
아닌 듯

의아하고 황당했지만
몇십 년 지난 후 문득 생각 키운다
아 모든 것은 인연이 있다는 것
그런 정서와 인연은 거기까지였다는,

햇살 부서지는 청솔 아래서
깨달음 얻었네
영산홍 붉은 입술 오월과
입맞춤하고 있다

여행에서 얻은 행복

동해안 쪽으로 여행을 가다
숙소에서 샤워를 하는데
화장실이 상당히 비좁았다
호텔이라는 데?

여기 회장이 사는 나라는
주택들도 조그맣게 지어
사는 섬나라 사람이라
그런 것 같다고 어떤 이가
가만히 말한다

여행에서 돌아와 욕조가
뭔가 모르게 넓어진 것도 같고
좁은 곳에 비하면
이 정도면 넓네.

그동안 나 사는 곳이 좁다고만 생각에
진정한 행복을
사랑할 줄도 모르는 생각이
스스로 옭아맸구나

은빛 인어

여름이 다 보이네
은어가 노네
팔짝팔짝
물장구치는
아이들 은빛 인어
같네
여름도 함께 노네
어찌나 물이 맑은지
속이다 들려다 보이네
네 마음도 비쳐 보이네
쌍계사* 바람결이
마음을 비우라 하네
여름이 다 보이네

*쌍계사: 경상남도 하동군 화개면 쌍계사길 59 (운수리)에 있는
사찰이며, 대한불교 조계종 제13교구 본사이다.

붉은 메밀꽃
-파랑

메밀꽃밭 아침나절
내내 일구더니
잠시 안 보이는 것이
점심이나 먹으러
갔는지
오후엔 노을빛 담아 와
또 예쁜 꽃밭을 일구네

제2부
계추季秋

낭만의 질주

한파가 몰아닥쳤다
산책하는 이들도
몇 안 되보이고
그래도
파란 하늘 구름꽃은
살얼음에 얹혀
미끄럼을 타고
햇살이 등 뒤에서
밀어준다
찬바람에 손끝이
시린 듯하지만
그래도 놓을 수 없는 건
겨울 낭만 아니겠는가
끊임없이 질주하라
어제의 푸른 시절에
집착하지 않는다
돌아보지 말자
우리는 질주한다

너와의 집

지금 어느 산골
햇살이 곱게 비치는
양지 녘

봄이 언제나
오려나 눈여겨보는
너와의 집,

고드름
툭 떨어지는 소리에
고로쇠나무가
해시계를 보고 있다

계추季秋

그는 떠났고
허전한
보퉁이 하나만
안고 있다

가을이라고,

살고있는 곳을 잠시
떠나 본다는 것

설렘, 호기심 반
안목 해변
짙푸른 물결이
가슴에 울렁이고 있다

달빛은 경포대 호수에
얼굴을 비춰보고 있다

고들빼기

매형이 장성長城농협으로
전근된 지 얼마 안 된
누님 집에
겨울방학 중이라
놀러 간다고,

어머니는 사위가 고들빼기
김치를 좋아한다고 그때 만해도
플라스틱 통이 없던 때라
옹기그릇에 담아
열차를 타고 가는데

60년대라
철길이 눈 때문에 고장이 났다고
타고 온 기차는 더 이상
갈 수가 없게 되 멈췄다
승객들은 다들 걸어서
대기 중 열차로 옮겨
타고

그런대 기온은 얼음 바람처럼
차가웠고
눈발 또한 간간이 내렸다
나는 그날 춥다는 기억이
생생한데

몇십 년 지난
오늘 딱 이렇게 간간이 내려
기억을 소환해주니,
그때 어려 보이던 중학생이...

5월 15일
- 며칠 후면 스승의 날

십 대부터
시를 지었지만
신춘문예는 아득한 꿈이었지요
어느 날 은사님 뵙고서야
글이란 수없이 대패질하는 것임을
알았습니다

돌같이 무딘 저에게
깨우침을 주셨고
어두운 밤길
달빛 되어 비춰주신 은사님께
그저 고마울 따름입니다

스승의 날이면
꽃 한 송이조차 드리지 못하고
제대로 보답도 못 드려
늘 송구한 마음입니다

제자 우인식
허형만 은사님께
깊이 감사 인사드립니다

내 나이인 줄 알거라

날씨가 갑자기 더워 진다
겨울 끝자락을 놓지 않더니
아이 새총에서 돌이
튕겨 나가듯
훅하고 신록 계절답게 진초록을
들고 온다
드라이크리닝 보낼 것 골라내는데
몇 개 안 되네,
문득 점차적,
나들이가?
가만히 생각해보니 몇 해째 된 것 같다
아! 그렇지 갑자기 몰려오는 쓸쓸함
언젠가 내 말이 당신 마음을 적신다면
오늘 내 나이인 줄 알거라

누군지는 모르지만

날마다 삭풍에 눈보라
휘몰아쳐 산책도
못 나간 여러 날째

오늘은 다소 따뜻해질 거란
말만 믿고 열차역에서,
어느 곳이든 좋으니
지금 제일 빠른 시간으로
표 하나 주세요

객석에 앉아
창밖은 봄기운처럼
안온해 보인다
이 햇살을 보내 준 당신이
누군지는 모르지만
그저 감사 드릴뿐이다

눈으로 보는 초음파

배가 조금씩 불러온다
가만히 초음파로 보니
연노랑이 잠을 자는 듯
얼마 후
다른 봉오리 초음파에
연분홍이 이슬을
오무락 거리는 것 같다
천둥소리에 잠 깼는지
이른 새벽안개 너울
쓰고
저마다 노란, 빨강
장미들이 방긋방긋
고운 미소와 마주고
햇살이 새벽을 깨우고
있는 이른 새벽녘

바람도 예쁜 날

숲길에 보랏빛 수국이
한껏 피었다
초록 잎들 그늘 아래
맑은 꽃, 방실 웃는 꽃
북숭아 빛 올망졸망
걸어오고 있다
세상에 참 예쁘고
곱기도 하여라
어린이집 선생님은
아이를 닮아 가는지
미소가 수줍은 수선화
같아라

주홍빛 노을

노을이 물들어 가려는지
발그레한 기운이

주홍색으로 변하고
한 줄기 햇살이
가지런히 도열 하니

마치 젊은 시절
그녀의 발그레한
볼 같다

주홍빛이 그녀의
친정 기와를 호명하며
내려앉고 있다

모색은 안개처럼 감싸
지붕도 가물가물해지니
마치 수십 년 전 그날처럼

와락 그립고, 서러운 생각이
가슴에 맺힌다

헛헛한 구월

뭔가 모를 이 허전함
슬픈 것도 아닌
그렇다고 행복한 것은
더욱 아닌
아이가 헬륨 풍선을 놓쳐
금방이라도 울 것 같은

매년 이맘때쯤이면,

문득 달력을 보니 구월이다
왜 구월은 내게 까닭 모를
헛헛한 서러운 마음이 들까

양심

잔디밭에 술병 꽁초
널브러져 있다
잠을 안 자고 밤새
새벽녘까지
누군가 양심이
웅숭그리고 있다
햇살에 다 드러난
양심의 가책이
마음속에 심한
아픔이 있을 수나
있을 까

오랜 생각

"혹시
내 생각 했어요"

바로 말해도 돼,
응 생각 했지
그것도 아주 많이

내 말에 힘들지 않아?

"어차피 힘들었으니까요
우리가 지금 이십 년
만이지요"

아마도

"요즘 부쩍 지난 시간들이
많이 떠올랐어요
생각들은 공간을
오가는 것 같아요"

우련한 모습

비가 오네
겨울비가
왜 겨울에
눈이 안 오고
비가 올까
난 이 계절에
비가 오면
슬퍼지는데
왜 오지
봄에나 오지
겨울비 오면
쓸쓸함에 가슴이
아려오는데
왜 오지
여름에나 오지
는개 같은
우련한 얼굴이?

유월의 아쉬움

하늘은 가을 하늘처럼
파랗고
바람도 유월 같지 않고

앞에 서 있는 소나무
갈맷빛 더해 주는데

내 맘 안타까운 것은
이렇게 상큼한 공기를

한강 주변에 사는
누님 두 분과 함께하지
못한 것이

못내 아쉬움으로 남아
조금 서글퍼 해집니다

은밀히

연초록도 어느덧 짙어지고
간간이 회색 구름
지나더니
여름 장마가 폭우를 준비한다

소나기 모습은 평원을 달리는
말갈기 같고
말발굽 소리처럼 탁탁탁탁

은밀히 매지구름에게 오라고
물기 머금은 호박잎이 말했을까?
양동 채 퍼부어라고,

매지구름이 오동통해진다
장독 덮는 딸그락 소리
여름이 장마를 노크하는 소리 같다

이맘때

은은한 달무리처럼
번져오는 향기
걸음을 멈추고,
항상 이곳에서
이맘때면 감도는
찬기가 채 가시지 않은
바람결은 상큼하다
산문을 지나는데
고혹적인 얼굴
티끌 하나 없는
향기는 경이롭다
녹차 잔에 담아
마셔 보고 싶다
곱디고운 향기
행여 부서질세라
가만가만 가슴에 담고
송광사 산문을
나서는데

벚꽃 망울이 낭창낭창한
초리에 앉아 있다
농익은 훈풍은
어느 재를 넘어올까?
굴목재를 넘어 오려나
고개를 갸웃갸웃 거린다

찌끄라뿌러

지방에 살던 교사가 서울로
발령받아 수업을 시작하려는데
한쪽 구석에 있는
걸레 빨던 양동이,
찌끄라뿌러라
여학생 둘이서 황급히 나간 지
한참 지나도록
오지 않더니
왠 다 찌그러진 양동이 하나 들고 왔다
양동이는 어쩌고 이걸 들고 왔냐?
선생님이 찌끄라뿌러 하셔서요

초롱초롱한 눈매

기왓골을 조곤조곤 타고 내려온
초롱초롱한 눈매들
기왓장 끝에서
마치 여름날 발가벗은
개구쟁이들이
강으로 첨벙첨벙 뛰어들 듯,

빗방울들 앞선 친구 따라 뛰어내린다
은방울꽃, 붓꽃에도
대롱대롱 맺혀 잔잔한 바람에
그네를 타며 맑아지는 하늘을
바라보며 잔잔히 미소 짓는 날

어떻게?

눈바람 속에서
그리움을 배웠답니다
선생님은 아픈 시간에
무엇을
느끼셨는지요.

제3부

붉디붉은 얼굴

지식과 편식

외딴섬 분교장에
학생 한 명
선생님 한 분,

담임선생님 요청으로
과학 선생님이 드론을
가지고 오셨다

하늘로 윙윙 벌 때 같은
소리가 높아질수록
아이의 꿈도 함께
날아오른다

어쩌면 소년과 선생님은 벌써
장도獐島* 바다를 가로지르는
조종간을 쥐고 있는
꿈을 꾸고 있을지?

아무리 한 명일지라도
음식은 편식偏食할 수도
있지만
지식智識은 편식하면
안 되겠기에,

*장도: 보성군 벌교읍 장도리 (섬)

계절은 깊어가고

꼬옥

안아보니

향은 그윽하고

보듬어보니 안개처럼
포옥 감겨 온다

어느새 새털구름 같은
들국화 향에 가을이
안겨 있네

겨울 산수화

이른 아침 커튼에
햇살이 산수화를
그려놓았다
베란다에 있는
나무와 형제 같다
두 그루 나무를
햇살이 키우고
있을까

몇 해 전

몇 해 전 왔던 숲길
들어 오니 변한 건
없고
새소리 여전히 낭창낭창 하네
익숙한 아니 오랜만에
맡아본 향기
밤꽃향이 기억을
더듬어 주네
간간히 걸음 따라
끊겼다 이어지고
향이 반가워 가다가
상큼한 아카시아 향도
그리워,
아카시아 아가씨가
꽃잎 향을 뿌리며
날 기다리고 있을 까

그 가을은

노을빛 단풍이
초리에 몇 개 남아 있는
호숫가

오늘은
그림자와 함께 걷는다

어느새
발자국 따라온
한 줄의 구절을

마음에 채곡채곡
시루떡처럼 쟁여놓고,

코스모스는 청순한
눈빛으로
빨간 맨드라미를 만나고 있다

깨꼬락지

오늘 암구호는
개구리!!다
사병이 철조망을
넘어가서 뭔가
일을 보고 다시
개구멍으로
기어들어 오려는데
보초가 갑자기
"암호" 당황한
사병이 깨꼬락지
대도시 살다가 온
보초는 또
"암호"
또 깨꼬락지
보초는 그만 방아쇠를 당기자
억 하며 쓰러지면서
깨꼬락지!깨꼬락지랑께

다리 밑

나는 어디서 왔어?
갑작스레 물어본 아이에게
할머니는,

- 너는 다리 밑에서 주워 왔단다 -

어릴 적엔 무슨 말일까
한참 시간이 흐른 뒤
어렴풋이 뜻이 긴가민가
기억의 저편을 넘나든다

초리에 잎 하나

그림자와 함께
마음
으로 걷다
가슴에 어느새
들어온 발자국소리
한 줄의 느낌을

마음에 차곡차곡
시루떡처럼 쟁여놓고 있다
청순한 눈빛으로
코스모스는
첫가을을 만나고 있다

돌담장

아이 눈동자처럼
청아한 천공
바람은 더 없이
상큼하고
돌담장에 아장아장
올라가는 담쟁이
불그레한 모습이
오랜 친구 만난 듯
정겹다
영글어 가는 가을날에는
간당간당 메말라 가는
잎새도 꽃으로 보인다

잎새는 가고

사라락사라락
길을 쓸고 있다
봄엔 꽃잎으로
여름엔 푸른 그늘
가을엔 홍당무 같은 잎으로
길손을 반기더니
이제는 제 한 몸으로
길을 쓸어 한 생애를
봉사만하다
이제 가고 있다

가을 첫사랑

무척 날씨가 후텁지근
하더니만 오늘은 동틀 녘
산산한 바람
한결 시원하다 연 한 회색빛
안개가 산봉우리에서
내려오며
설렘 가득한 첫사랑 같은
첫가을을
품고 내려오고 있다

무언의 새순

햇살이 이곳저곳에
노랑, 보라 연분홍
색깔을 키우고 있다

 곧 온다던 그도
소식 없고
 꼭 온다던 그녀
숨소리도 없다

매년 이곳에 새순은
이때쯤 꼭 오는데
너희는
저 새순만도 못 하구나

갈맷빛 숨소리

숲속에 매미소리
울울창창

오늘따라 그 많던
제비들도 보이지
않는다

햇발은 유리 파편처럼
날이 서 있다

점심상에 진초록 고추
짭조름한 된장

아마도 중복이
가까이 오나 보다

무한한 그곳

무한대 공간에 왜
하늘을 매달았지
하필 그 공간에

하늘 곳간에
무엇이 있기에
구름으로 가려 놓았을까

아니면 지구를
바로보기 쑥스러워
새털구름 가리개로
가려 놓았을까

댓잎이 하늘을
잡아 보려
저리 손 흔드는데
무엇이 그리 맘에 들지 않아
모른척하는 것일까

그 모습 안쓰러워
서녘 하늘이
파티라도 열어 주려는지
석류꽃 빛깔로 단장을
하고 있다

초승달 눈썹

상현달이 베어 먹고
남겨 놓은
초승달

여치 울음소리도
처연한 밤

너라도 눈 맞춤해 주니
쓸쓸함이 홀로 있지 않구나

붉디붉은 얼굴

붉디붉은 저 얼굴
보았는가
이십 대에 시집갔으니
지금 피는 고향 매화를
어떻게 보았겠는가

오늘 아침
홍옥 낯빛처럼
저리 붉게 피었다오
저 꽃잎 지기 전
한번 다녀가시오

내 만사를 제쳐 두고
봄 구름 아래서 기다리고
있을게요
팔순 되신 누님
칠순 중반
누님아, 누나야!

찬란한 슬픈 아침

채석장 돌덩이처럼
새벽이 와르르 무너져
버렸다

산봉우리에서 내려온
붉은 뱀 혓바닥 같은 햇살이
얼굴 위를 스쳐 복사꽃
산 아래로 내려간다

어느 해 뱀처럼
차가운 모습으로
내 곁을 떠나며
그 아픔을 던져준
어느 잔인한 봄날 속으로

천봉산 1

천봉산* 비 내리니
수련 꽃 뚝뚝
눈물짓고 있네

*전라남도 보성군 문덕면
　　천봉산天鳳山 대원사 사찰이 있다.

죄와 나이

삼월이라지만 아직은 소소리바람 자락이
만만치 않다

우리 부부를 부른다
"802동이 어디요"
이 부근에는 802동은 없습니다

"아 참 602호요"
여긴 602호는 너무 많아 찾기가 어렵습니다
전화기도 집에 두고 오셨다고,

집에는 누가 있습니까
"치매 걸린 할아버지만 있소"
할머니는 할아버지 생각에 횡설수설
보는 우리는 너무 안쓰러웠다

"내가 구십이 넘도록 살아서 죄를 받은 것 같소"
저기 보인 곳이 우리 집이요
다행히 아파트 입구를 기억해 주셔서
고맙습니다
할머니 나이가 죄는 아닙니다
다만 기억이 문제일 뿐입니다

천은사 바람 좋은 날

초록 바람 불더니
물소리 낭창낭창
수홍루 아래 물결
돌들 목물을
해주고
초여름 호수는
하얀 구름 수면이
감싸 안고
밤꽃 향 유월과
입맞춤하는 참
상큼한 오후네

회억

오래됐지 아마
그날도 오늘처럼
꽃눈처럼 내렸지

인절미 고물 같은 새하얀 눈
나붓나붓 내리고 있었네
그날 이후 그를 본 적 없고

마음속 깊은 심해에
회억만 잠행하고 있다

제4부
온유와 그리움

봄이 우산을 쓰고

겨울 끝물 빗방울이
차다
다시 겨울로 되돌아
가는 걸까?
사나흘 뒤 순들이
초록으로 옷을 갈아
입고 있다
찬비 속에 어떻게
왔지
혹시 봄이 우산을 쓰고
왔을까?

갸우뚱갸우뚱

노랑머리가 발등만큼만
발을 담그고 물속을 들여다
보고 있다
이내 고개를 갸우뚱갸우뚱
오른쪽 왼쪽 고갯짓을
하더니 아니라고,
보다 못해 미풍이 숲으로
가 버리자
그제야 노랑 얼굴 가만가만
머릿결을 매만진다
노랑붓꽃이 한결 기분이
좋아지는지 노을과 함께
날아드는 꽃잎처럼 수면에
엷은 주홍빛 윤슬을
뿌리고 있다

그림자 외로운 늦은 오후

쌀쌀하다
그리고 그립다
서녘이 몹시 안타깝다
주홍빛, 석류 빛으로
짙어 가고

물결은 뭔가 여운에
떠나질 못하고 자꾸만
모래를 쓸었다
담았다 낮에 놀던
해안이 아쉽기도 한지,

석류 빛 수평선 뒤로
자꾸만 숨는다
나도 외로움이 짙어져
차마, 노을을 보진 못하고
내 그림자만 보고
걷고 있다

달빛이 내려앉은 뜨락

초가지붕에
박 열리듯
박 속같이 하얀
달빛이 지붕을
쓰다듬더니
뜨락에서 종일
한 곳만 바라보느라
힘들어 고개 숙인
해바라기 목덜미를
어루만져 주고 있다

서양식 맷돌

봄이 오려나
댓잎 바람이
차지 않는 것이

드르륵드르륵
여름철 불린 콩
맷돌에 넣고
돌리는 느낌이다

드립커피를 좋아
한다고
그라인더를
선물 받았다
십수 년 만에
손끝에서 느껴지는 감촉

시간을 되돌려주고 있다
서양식 맷돌은
기억의 나침판이네

비애

새벽 산책길 노인이
구부정한
모습으로 걷고 있다
조금 답답하지만
뒤따라가고 있다
그래도 급하면
노인 비애悲哀 없도록
살며시 비켜 걷자
세월은 물과 같고
시간은 구름 같으니
노인이 십 년 전만 해도
이러시진 않았을 텐데,

사부작사부작

비가 사부작사부작
내리더니
기온이 수척해졌는지
내 팔뚝에 타닥타닥
떨어질 때마다
아 시원하다
이윽고 몇 방울 더
떨어지니
이제는 늦여름이
첫 가을에게 긴소매
셔츠를 입혀 주려 한다

하얀 꽃비

차창에 눈이 나풀거린다
손가락으로 셀 수 있을 만큼
꽃잎처럼 내린다

많이 기다렸을,

마음엔 함박눈으로 내리고
흰 고물처럼 깔려 지고
내 심중엔 잣눈이 내리네

예기치 않은, 봄

십이월 중순
겨울인데도
날씨가 솜털처럼
따뜻하다

손자와 호숫가에
있는 도서관에서
책을 읽다
문득 옆을 보니
동그란 통창으로
나목들 우리를
보고 있다

어느 봄날 같은,

이곳에서 만났던
저를 기억하시나요?
묻고 있는 것 같다

통창으로
들어온 햇살이 가만히
세종이 머리칼을
살포시 쓰다듬고

고즈넉한 수면에
바람이
동심원을 그리고
있는 한나절

슬픈 고목

청년 때는 좀 아파도
금방 좋아지겠지,

나이 드니 아프면
슬퍼진다

저 달, 연이 걸려있듯
가지가 부러진 나이 든
고목에
목련처럼 달이 피어 있다
저 고목도 나이 들어
아프니 슬프겠다

역광

지금은 11월 4시 30분
들길을 가는데
산모퉁이
벼들이 노랑
등잔불을 켜고
있다
산자락은 어둑한데
유난히 노오란 빛이
식탁 위 등잔불 빛
될 것 같다
지금은 11월 4시 30분

영혼의 향기

뜨락에 내려서니
어머니 사랑처럼
변할 줄 모르는 향기
어머니는
이 향기를 참 좋아하셨다
새벽 산책길에 마주한 향기는
어머니 영혼 같다
난 잠자리처럼 금목서를 맴돌고
개추 바람은 나비처럼
팔랑팔랑 한가로이 노닐고
하늘빛은 쪽빛을 닮아간다

초승달 입꼬리 미모

참 편안한 맑은 초승달
같은 입가
새끼손가락 한 마디가
위로 올라가 있네
입꼬리가 정겹구나

입꼬리가 아래로 쳐져있다
얼른 고개를 돌렸다
왜, 거울을 보면 그들도
알겠지
새끼손가락 한마디 미모를

오월의 오색축제

오월이 함께 하자고
 반기는 노랑,
연분홍, 붉은 꽃,
 검붉은 흑장미 향
숨을 제대로
 못 쉴 만큼 아찔하다
증기를 치익칙 내뿜으며
 달려오는 너
난 너 가 어디에
 살고 있는지 알고 있구먼

온유와 그리움

과묵한 눈과 귀도
이 계절엔 수다가
늘었어요

마른 잎으로 지어 입은
치마 스쳐 가는 소리

음미할 마음들이
이곳저곳 많아지기
시작했어요

이 가을에는 온유와
그리움을 배우는,

파란 알사탕 같은 하늘에
글을 쓰는 이들이
새털구름처럼 많아지고
있다고 하네요

이 계절에는 누구나 시인을
꿈꿉니다

울타리를 치고 나온 한파

바람과 냉기가 두서없이
몰아친다
급작스레 찬바람에
여행자들 가을옷,

잔뜩 움츠리고

난 걷기를 해야 하나
아니면 중간에 멈출까
독감 조바심, 우려 반

아직은 아닌데
너 가 올 때가 아닌데
왜 벌써 왔을까
다 때와 절기가 있는데
아직은 아닌데

유월 엽서

추천秋天처럼 푸르고
 산야는 갈맷빛

바람은 추석 무렵에나
 불어올 듯한,
서늘하고 맑기가
 막 퍼 올린 펌프 물 같고

초록 잎이
 마치 손짓을 하는 것 같아
내 아니 쓸 수 없어
 이렇게 쓰는 내 마음
누가 내 생각
 같다면 넓은 통창이
드리워진 카페
 최고급 향 한잔 대접
하려니, 연락 기다리며
 흰 구름에게 천은사
호숫가에서 엽서를
 매달고 있다
어디선가는 밤꽃향 스치고,

이 도령 육모방망이

밤재 너머 노란 얼굴들
곳곳에서 웃더니
언제 바람 타고
왔을까?

광한루원에
춘향이 머릿단처럼
치렁치렁한 수양버들
너울너울 춤추는 모습이
이도령 암행어사 출두 때
휘두르는 육모방망이 같네

입춘

입춘이라지만
날씨는 늦은 겨울인데
반음지 골목에
노란 개나리가
듬성듬성 피었다

누님이 유난히
좋아했는데
우리 동네에
피었네

피려면 누님 동네에서
피지
아쉬워 모바일로
전송했네
피려면 누님 동네에서
피지

잎새의 얼

찬 기운 돌더니
툭, 투둑 잎들,
발자국
무수히 지나갔지만
잎줄기 그대로 있다
마치
이 나라 우리 선조들
수많은 외침外侵에도
빼앗기지 않으려는 결연한
의지 같다
나는 다시는 형체도 없이
부스러지는
잎이라고 생각하지
않기로 했다

하늘 거울

숲사이로
수면이 밝아지더니
얼마 지나지 않아
하늘이 맑아진다

호수 수면에
시커먼 먹구름
비치더니 이내 폭우가
쏟아진다
수면은 하늘의 거울이네

제5부
키가 커진 새벽

생명의 그림자

암벽에 나뭇잎들이
새 생명을 불어넣고
있다
더러는 암갈색
또 다른 잎들은
흑갈색으로
이 암벽은 생명을
잉태하고 있다
이 그림자는 생명의
근원이다

오래된 사진

모바일로 어머니
사진 저장했다가
어느 날 새벽 문득
사진을 본 순간
생전에 자식 도리를 다
한 것도 없는데
죄책감에 얼른 덮었다

어머니 어떤 사람 원망하는
마음을 어찌할까요
"하지 마라
그냥 세월 속에 묻어
버려라
그래야 너 가 편안하다"
오늘도 이승에 계시지도 않으신
어머니께 또 심려를 끼쳐드렸다
어머니 늘 평안하시기 바랍니다
어머니!

반갑소

산책 중 우연히
마주친 원추리꽃
오랜만에 보아서
참 반갑소

가랑비 그친 뒤
잠자리 떼
몇 해 만에 보니
반갑소

오랜만에 소낙비
흠뻑 젖으니
지난날 감회가
새록새록 반갑소

순박한 나팔꽃
얼마 만에 보니
참 반갑소

오랜만에 옛 친구 얼굴
햇살 사이로
보이는 것 같아
반갑소

오늘은 꼭 멋진 카페에서
차 한잔 마실 것 같은 생각
반갑소

고욤

산자락 마을에
다른 곳은 햇살이
다 지고 없는데
차창 너머에 가녀린
햇살이
빨간 양철지붕을
어루만지고
붉은 고욤을 부지런한
까마귀가 저녁밥을
먹고 있다

고집쟁이 안개

새벽부터 진한
회색 빛깔 산 아래로
내려오더니
이내 모든 물상들
치마 속으로
감추어 버리고
정오가 지난 후에도
꺼내 놓지 않는다
보다 못한 바람이
잘린 풀, 갈고리로
긁어내듯 안개를
훑어내고 있다
하나 곧 는개 가
또다시 물상을 가리고 있다

맥박

까만 가죽옷을 입고
심장을 가진 여행용
콤펙트 같은 시계
몇십 년 전 오랜 시간
형님이 외국 여행을 다닐
때 지니던
시계를 내게 주었다
서랍 속 고이 두었다
꺼내서 보니 마치
형님을 뵈온 듯,
사르락사르락 태엽을 감고
책상에 두었더니
째깍째깍 형님 맥박 소리 같다
자명종 소리는 마치
형님 목소리 같다
슬슬 가슴이 더워져
후 우길게 숨을 내쉬면서
창밖을 보니
새하얀 함박눈이 내리고 있다

오래전 형님과 함께
담양 소쇄원에 겨울 여행을
갔던 날도
이렇게 눈이 지천으로
내렸는데,
내렸는데,

수면 거울

반짝반짝 놋그릇
처럼 윤이 나는
수면에 물상들
들여다보고 있다
미동도 없는
수면은 주홍빛
잎으로
호수는 가을을
떠 마시고 있다

햇살 꽃잎처럼 피어나고

철새 한 무리
이른 새벽하늘
날고
아마도 제 고향으로
가려는 듯

막 동녘에서 빨갛게
피어난 동백꽃 같은
해는 자기 집을 가려는지
일찌감치 나섰다

까마귀도 까악까악
가족들 안부를 묻고
배롱나무 붉은 꽃은
해년 마다 찾아오고

모두 제자리 찾아가는
햇살 꽃잎처럼 피어나는
이른 아침

보랏빛 수국

수국아, 수국아
철 지난 수국아
너에게 아직
여력이 남아 있다면
빨간 맨드라미도
만난다면 얼마나
좋을까

붉은 뒷모습

초록 잎들 노랗게
변하더니
몇 개만 초리에
간당간당한다
아마도 떠날 때를
아는 것 같다
떠나는 쓸쓸하고
초라한 모습 보이고
싶지 않으려고
그래서 눈바람 속에
가고 있다

블라인드

얇은 블라인드치고
있다
블라인드 한 장 더 치고 있다
아마도 싫은가보다
갑론을박 언쟁 소리
풍경들은
싫은가보다

시, 도, 편입 양측 깃발이
서로 찍어대는 소리가
참 싫다고 차창 밖
마치 안개가 블라인드 같다
좀처럼 걷지 않는다
난 풍경이 보고 싶은데
지금은 23년 11월 초순

살살이꽃

가녀린 몸으로 어찌 저리도
오래 서 있을까
가만히 바라보니
햇살, 바람, 심지어 폭우에게도
반갑다
손을 흔들어 주는
사랑의 힘은 어디서 나올까
모두를 사랑할 줄 아는
너에 너그러움을
나 또한 닮고 싶구나

소나기와 청진기

많이 아픈가?
낮빛 짙은 먹구름
청진기를 대봤다

물방울만 가득 차 있다
이내 청진기에
폭우가 난타를 치고 있다

시월의 내음

비가 간간이 내리더니
창을 열고 칙칙한 향
이 들어 온다
이 내음은 오래 묵은
고목에서 나는 내음이다
촐촐한 빗소리 그치면
목욕을 마친 가을꽃이
더욱 상큼하게 서 있으려나

시인?

푸른 피가 돌 때부터
시를 꿈꾸고
언젠가부터 시 쓰는
사람이
됐다고는 하지만

만족할 만한 마음은
멀게 느껴지고
허나 오래 해왔던 마음이
잘못되었단 생각은 전혀 없고

어머니 자식 사랑하듯
떠나보내지 못하고
오늘도 詩, 와 같이 마주하고
둘이서 쓰고 있다

아이의 눈망울

아이가 학교 갔다 와서
우리 아파트 계단에
책가방 옆에 두고 앉아 있다
옆 라인에 살고 있는데
왜 여기 저렇게 앉아서
누굴 기다릴까?
부를까 하다 그만 멈칫
손자가 컴퓨터 게임을
좋아해 행여 눈이라도
나빠질 것 같아 딸이
외할아버지 집에 가면 안 된다고
했을까?
아이는 위를 가만가만
올려 다 보고 간다
평소 같으면 창을 열고 불렀을 텐데,
세종아 게임은 주말에 할 수 있게 해 줄게
그러나 부르지 못한 마음 왜 이리
아려오는지
가만가만 쳐다보던 눈망울이!

애잔한 눈빛

어제 그렇게
폭우가 쏟아져
수국도 젖고
나도 부족함
없이 젖었다

빗속에 행여
다치진 않았나
이른 새벽 갔더니
싱그런 모습

밀물처럼 밀려오는
무한한 사랑의 눈빛
이어라

키가 커진 새벽

첫 여름비 밤새 오더니
담장에 장미는
더 붉어지고
공기도 더 상큼하고
밤새 불쑥 자란 죽순처럼
하늘은 키가 한층 더
커져 얼굴이 해맑다
첫눈 오면 겨울이
오동통해지듯
비 밤새 내리더니
오리목 숲 갈맷빛 더
짙어지고
강섶이 점점 물속으로
들어가며 강 깊이를 재고 있다
첫 여름비 밤새 오더니

핑크뮬리 교과서

은은한 연한 박무처럼
피어나는 향기 사이로
걸어갈 때는 핑크뮬리처럼
발그레한 얼굴빛이
감도는 느낌이면
손을 살포시 잡고
걸어야 해요
그래요,
가슴이 놀란 토끼처럼
뛰면은 가만가만
걸어요
사랑의 교과서에 있어요
그리고, 또 그리고,
무언가를 생각해보세요

핑크빛 속삭임

짜악 김이빠진
탄산수,
슈욱 김빠진 맥주
츄욱 빠져버린
생일파티 샴페인

참, 참!

김이 빠져서는
절대 안 되는 것은
물상들 사랑의
속삭임

하얀 갈대

날씨가 첫겨울이라고는
하지만
오늘은 19도,
피곤하다고 산책
안 한 지도 며칠이
지났구나

하얗게 변해버린
내 머리칼 같은
갈대 모습이 서럽기
까지 하다
자그마한 산자락을
걷는데

쌓인 단풍잎들
마치 봄에 두엄을
걷어낼 때처럼
물큰한 내음이
훅, 스며든다

하얀 갈대
곱상한 햇살은
제 갈 길을 가고
나도 더 어둡기 전
때아닌 봄날을 밟고
가고 있다

제6부
디카시

우인식 디카시

여행

여행

여행의 시발점은
설렘이다

종착역 역시 설렘이다

삶 자체가 설렘이다
설렘이 없다면 생명도
없을 것이다

물처럼

물아
너는 위에서
아래로 흐르는구나
나도 너처럼 순리에
맞게 살고 싶구나

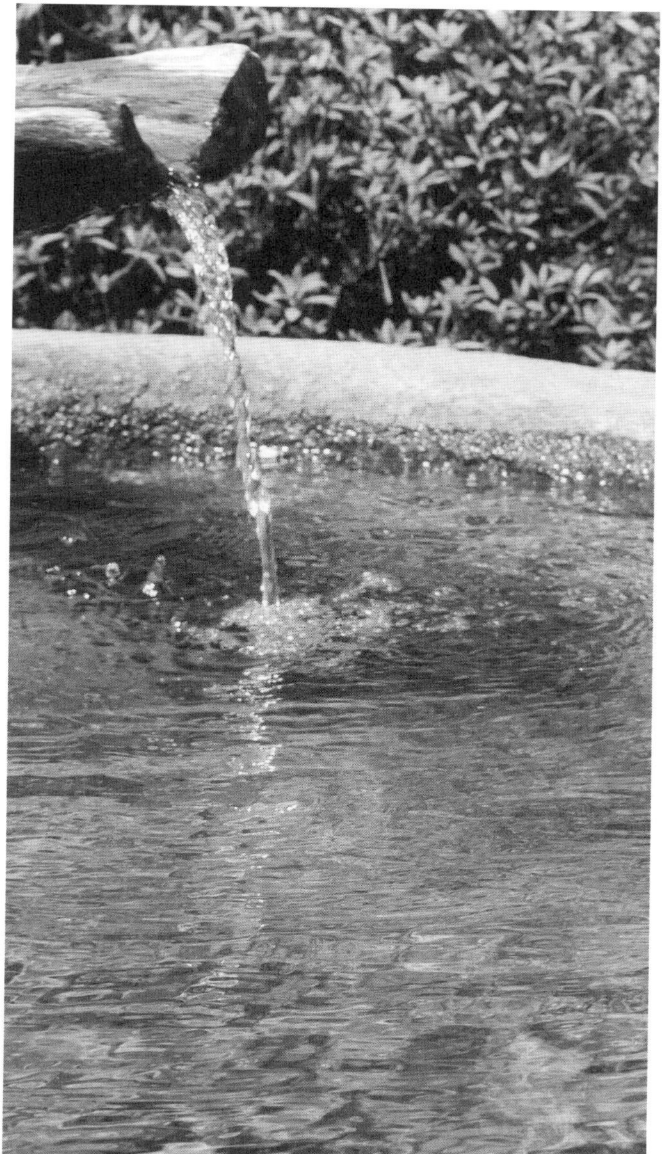

우인식 디카시 물처럼

우인식 디카시

달력

2년부터 매년 찾아오는 천연기념물 검은머리물떼새 가족을 돌보며 생물 다양성 보전에 앞장

S	M	T	W	T
				1 근로자의 날
4	5 어린이날 석가탄신일 입하	6 대체공휴일	7	8 어버이날
11 동학농민혁명 기념일	12 음 4.15	13	14	15 스승의 날
18 5·18민주화운동 기념일	19 청년의 날	20	21 부부의 날 소만	22
25	26	27 음 5.1	28	29

M   T   W   T

140 _ 계추

달력

후진도
급발진도
간이역도
없다

이팝나무와 소녀

하얀 꽃잎 아래
소녀가 가녀린
손으로 하얀 반려견
머리를
쓰다듬고
하얀 꽃잎이 소녀
머리에 사뿐사뿐

우인식 디카시

앳된 초록

앳된 초록

아파트 입구
연초록 나뭇잎 아래
앳된 여학생이
친구와 등교하려고
서 있는지
아니면 버스를
기다리는지
연초록빛과 친구처럼
다정해 보이는
싱그러운 아침

삼방산 치맛자락

채반에 송편을
빚어 놓듯
산방산은 샛노란
꽃봉오리를 빚어 놓고
노랑 빛깔을
꽃바람 손에 쥐여 주며
구례求禮 산수유동네
꼭 들렀다 가라 하네

창 너머

참 많은 시간을
온 것 같다
너도, 나도
창 너머
생채기가 난
붉은 잎 하나
계절이
머무는 허공에
투둑 던져지고 있다

달무리

하얀 솜사탕으로
구름 옷을
지어 입었네

우인식 디카시

달무리

우인식 디카시

산 베 개

산 베개

노랗게 영글은
들녘이
안개를 이불 삼아
산을 베고 새벽
잠을 청하고 있다

낮달

보름달
마중이라도
가는지
겹겹이 서 있는
산 고개를
넘어가고 있다

우인식 디카시   **낮달**

155

우인식 디카시

잎하나

잎 하나

창 너머
생채기 난
붉은 잎 하나
계절이
머무는 허공
늦여름이
툭 던져지고 있다

초승달

상현달이 베어 먹고
남겨 놓은
초승달
귀뚜라미 울음소리
소슬한데
너의 미소 있어
애달프지 않구나

내가 생각하는 시의 삶

아!
너도 원고지 사이에 끼워져
수많은 퇴고 담금질에
인고의 시간을 보냈으니
이제 더 넓은 세상에서
새로운 견식도 들어 보고
붉은 대추처럼
여물어져 떡고물에 얹혀
저 많은 이들
허기를 달려주듯
허허로운 이들 마음을
다독여 주기 바란다